NOTICE HISTORIQUE

SUR L'ANGUSTURA;

Suivie de l'analyse chimique, des observations, notes et expériences sur cette
Ecorce, fournies et rapportées par
divers médecins en chef et titulaires
des hospices civils et dépôts de mendicité des villes de Lyon, Marseille,
Montpellier, Bourg département de
l'Ain, et par Heyne, Williams, Brande
et Ewer, médecins Anglais, qui les
premiers l'ont découverte et répandue
en Europe.

AVERTISSEMENT.

Nous n'avons point prétendu, en faisant cette Notice, écrire pour ceux qui, versés dans l'art de guérir, ont une connaissance parfaite et des vertus de l'Angustura, et de ses résultats heureux ; mais seulement pour les personnes qui, trop incrédules, ou ne connaissant pas les propriétés supérieures de cette écorce, lui disputent ses qualités, et s'efforcent de l'éloigner de la médecine et du commerce.

Ceux-là trouveront ici de quoi se convaincre et s'éclairer ; les analyses, observations et exemples que nous citons, nous ayant été fournis par des médecins aussi recommandables par leurs connaissances et leurs lumières, que par leurs qualités personelles.

C'est particulièrement aux administrations des hôpitaux civils et militaires, que cette Notice est consacrée, puisqu'elle doit servir à leur démontrer le grand intérêt qu'elles ont d'employer au soulagement de l'humanité un remède qui, comme celui-ci, réunit à une utilité générale, une grande économie.

C'est précisément à chaque administration d'hôpital, soit civil, soit militaire, que nous demandons (après avoir pris connaissance des faits que nous énonçons) d'essayer l'écorce d'Angustura, et de se faire faire un rapport de ses effets, par les médecins attachés à leurs maisons.

A 2

Si le rapport que nous sollicitons au nom de l'humanité, et en faveur du progrès des sciences et de l'art de guérir, peut avoir lieu de la manière que nous l'indiquons, généralement dans tous les hospices de l'empire; il en résultera sûrement une connaissance exacte et précise du remède dont nous parlons.

Alors toutes les déclamations seront vaines; alors l'écorce d'Angustura occupera la place qu'elle mérite d'occuper parmi les végétaux précieux.

Alors enfin nous en solliciterons la fourniture auprès de ces mêmes hospices. Plus que tous autres actuellement nous en possédons, et plus facilement que tous autres nous pouvons nous en procurer par nos correspondances promptes et suivies avec des négocians des bords de la rivière de l'Orénoque d'où vient cette écorce, et qui la cultivent dans leurs propriétés.

Nous nous bornons aujourd'hui à offrir aux administrations des hospices, de leur fournir telle quantité qu'elles désireront pour faire des essais, et à les prier de vouloir bien nous adresser une copie des rapports ou notes qu'elles auront fait tenir.

Notre intention est de les publier à la fin de l'année, pour servir d'appui et de suite à cette notice, qui (Heyne-Williams et Brande exceptés) n'est le fruit que de six ou huit mois seulement d'observations.

NOTICE HISTORIQUE

SUR L'ANGUSTURA;

Suivie de l'analyse chimique, des observations, notes et expériences sur cette Ecorce, fournies et rapportées par divers médecins en chef et titulaires des hospices civils et dépôts de mendicité des villes de Lyon, Marseille, Montpellier, Bourg, et par trois médecins Anglais qui les premiers l'ont découverte et répandue en Europe.

Ce serait ici le cas, sans doute, de rappeler tous les faits historiques qui ont rapport à l'introduction du quinquina en France, dont les principes, les propriétés et les vertus semblent être mises en comparaison avec celles de l'Angustura.

Mais la découverte du quinquina, et la manière dont il s'introduisit en Espagne, et de-là sur tout le continent, sont trop connues des gens instruits et des hommes de l'art, pour que nous en par-

A 3

lions encore dans cette Notice particulièrement consacrée à l'Angustura.

. Cependant il ne nous paraît pas hors d'œuvre de dire un mot sur la disette presque totale de la première de ces écorces, sur l'apparence de la continuité de cette pénurie, sur l'impossibilité peut-être de pouvoir s'en procurer à l'avenir.

L'arbre du quinquina, lorsqu'il fut découvert dans le Pérou et dans les environs de la ville de Loxa, se trouvait sur le penchant des montagnes, et plus communément sur celles qui voyaient couler des rivières à leur pied.

Ces arbres croissaient très-épars et très-écartés les uns des autres.

L'ignorance où l'on était de leur vertu médicinale, avait donné le temps à ceux dont l'écorce fut la première essayée, d'atteindre au plus haut degré d'accroissement.

Lorsque leur vertu fut parfaitement connue, l'avidité des propriétaires et des commerçans les porta imprudemment à dépouiller ces arbres sans aucune précaution.

A cette époque on choisit les plus avancés en âge, et dont l'écorce était par conséquent la plus épaisse; on la mettait à part avec soin comme la plus précieuse; (aujourd'hui on demande la plus fine.

La préférence qu'on lui donne est avec connaissance de cause ; et en conséquence des analyses chimiques et des expériences qui ont été faites sur l'une et l'autre écorce, il est fort vraissemblable que la difficulté de sécher parfaitement les grosses, et l'impression de l'humidité qu'elles contractent aisément et conservent long-temps, a contribué à les discréditer.)

Ces arbres ainsi dépouillés périrent et ne purent plus être d'aucune utilité. Les propriétaires avaient prévu les suites funestes de ce dépouillement, et senti que pour conserver un commerce aussi important, et fournir à une consommation aussi considérable, il fallait multiplier l'espèce de ces arbres précieux. Ils firent en conséquence beaucoup de plantations; mais la consommation fut beaucoup plus prompte qu'ils n'avaient pensé, et l'accroissement des élèves beaucoup plus lent qu'ils n'avaient prévu.

Il fallait pourtant entretenir le commerce qu'on avait commencé, et ne pas perdre une branche aussi intéressante pour ces contrées; alors on se mit à dépouiller les jeunes arbres, ce qui commença à faire dégénérer l'écorce, et perdit absolument les élèves qu'on avait faits.

Dès ce moment, pour suppléer à cette pénurie, et conserver à ces pays la réputation de posséder un remède aussi efficace, les trafiquans, aidés de quelques naturalistes, cherchèrent et découvrirent le quina jaune, qui fut porté en France, et qui fut ensuite suivi par cette multitude d'écorces grises, blanches, jaunâtres, dont on a inondé l'Europe, et qui sont restées sans aucun mérite, mais non pas sans aucune valeur, parce qu'elles ont servi à favoriser un mélange et une falsification pernicieuse et malheureusement journalière.

Plusieurs naturalistes Espagnols, Français et Anglais, se convainquirent, dans différens voyages qu'ils firent en Amérique, soit par ordre des divers gouvernemens ; soit pour leur instruction particulière, des faits que nous avançons.

Ils cherchèrent à se procurer, dans un pays aussi fécond en végétaux utiles, une écorce ou autre remède qui pût remplacer le quina ; (après s'être bien convaincus que les véritables espèces du rouge et du jaune étaient épuisées, et que les premiers arbres et les premières plantations étaient pour ainsi dire anéantis.)

Ewer et Williams, médecins à la Trinité, après les recherches et les expériences les plus suivies, découvrirent l'écorce d'Angustura, et ils la firent connaître en 1789.

Cette découverte, et les observations de ces médecins, furent consacrées dans le journal de médecine de Londres, vol. X.

Auguste Brande fit l'année d'après, 1790, mention de l'Angustura dans le même ouvrage.

Après eux, le médecin Fleyer s'occupa le premier de l'analyse de cette écorce ; et quoique nous consacrions dans cette Notice une partie expresse à cet objet, nous croyons devoir faire connaître ce qu'il en dit.

« L'Angustura, dit-il, contient plus de parties
» solubles tant à l'eau qu'à l'alcohol, que l'écorce
» du Pérou ; son extrait résineux est plus amer
» que son extrait gommeux. »

Après Fleyer , Filter qui l'analysa aussi, y découvrit un principe styptique.

Enfin , Moench y reconnut un principe acide faible , dont il ne détermina pas la nature.

Cette découverte était trop précieuse à l'humanité et au commerce , pour échapper à une nation active et commerçante; aussi l'écorce d'Angustura fut-elle bientôt répandue en Angleterre, mais non pas assez abondamment pour être colportée sur tout le continent.

Des médecins , des chimistes , des naturalistes Français s'en procurèrent quelques morceaux, soit par curiosité , soit pour en faire des expériences qui restèrent isolées et sans suite , parce que le moment où la France se trouvait , n'était pas favorable aux progrès d'un remède utile et conservateur de la vie et de la santé.

Cependant, lorsque les temps devinrent plus calmes , plusieurs de ces chimistes et médecins analysèrent et parlèrent de cette écorce.

De ce nombre sont le savant Fourcroy , le docteur Perithe dans ses Tableaux méthodiques d'histoire naturelle , le docteur Alibert dans son Traité des fièvres , le docteur Valentin dans le Journal médical, et plus récemment dans son Traité sur la fièvre jaune. Mais tous ces auteurs ne purent parler de l'Angustura que d'après ceux que nous avons cités plus haut, ou d'après des essais très-vagues et sans suite , puisque cette écorce n'était ni connue, ni commune en France. On laissa donc aux temps , aux observations subséquentes, et au moment où son abondance permettrait des essais plus étendus et des observations plus suivies, à déterminer le sort et la place qu'elle devait occuper dans la matière médicale.

Quelques restes de bon quinquina répandus sur toute la surface de la France , servirent à améliorer l'immensité d'écorces inutiles et même nuisibles dont elle est couverte, et le prix en fut porté à un taux à-peu-près égal à celui où il fut lors de sa première introduction sur le continent.

Bientôt cette disette et ce prix exorbitant, privèrent les établissemens publics des moyens de se fournir de cette substance ; et on y suppléa par diverses écorces où compositions de médicamens , qui, loin de produire les effets d'un remède aussi parfait, portèrent dans les maisons de santé les souffrances , les langueurs , et quelquefois la mort.

Les particuliers ne se sentirent pas moins de la disette d'un spécifique aussi puissant : la multitude, hors d'état de se le procurer à cause de son haut prix, la petite portion riche à cause de sa rareté , et dans beaucoup d'endroits à cause de son manque total , furent obligées de lui suppléer par des écorces nuisibles et fatales à leur santé.

Les choses étaient dans cet état, lorsque deux années de paix maritime ont fait luire l'espoir de voir arriver des contrées lointaines cet excellent quinquina dont naguère les nôtres étaient pourvues ; mais cet instant de bonheur et de calme dont nous avons joui, n'a point accru sous ce rapport le domaine de la pharmacie.

Les gens intéressés ont attribué cette continuation de disette, au peu de momens que le commerce a été libre, et à la difficulté qu'il a eue, dans un si court espace de temps, de se procurer cet article si nécessaire ; mais la vérité est dans ce que nous avons dit au commencement de cette Notice.

L'espèce des arbres qui produisent le bon quinquina, est ou perdue, ou trop jeune encore pour en fournir de long-temps.

On n'en trouve plus que de gros comme le bras, et les plus hauts n'ont que douze à quinze pieds.

Ce qui vient à l'appui, s'il est nécessaire, de ce que nous avançons, c'est que dans ce court espace de paix il n'est point arrivé de quina en France.

Un propriétaire des bords de la rivière d'Orénoque dans l'Amérique méridionale, a expédié à une maison de Lyon, une certaine quantité d'écorce d'Angustura, qui a débarqué à Barcelone le jour même de la déclaration de guerre faite à l'Espagne par l'Angleterre, au mois de juin 1804.

Ce propriétaire, dans sa lettre d'envoi, s'exprime ainsi :

« Je vous envoie une espèce de quina, expé» rimentée par les naturels du pays, et par les

» Anglais qui l'ont reconnue comme très-supé-
» rieure à tous les quinas du Pérou ; faites en
» faire des essais, et rendez-moi compte pour
» ma gouverne, afin que je puisse vous en faire
» passer s'il y a lieu. »

Sans contredit, si ce propriétaire eût cru, en envoyant une autre espèce d'écorce, faire une meilleure spéculation, s'il eût pu s'en procurer d'une autre nature, peut-on douter qu'il n'eût pas préféré de faire l'expédition d'un remède connu dont la France manquait, dont la spéculation eût été sûre, à celle d'un remède inconnu, et qui ne lui présentait qu'une spéculation incertaine ?

L'envoi dont il est question fut retenu en Espagne, soit par les circonstances de la guerre, soit par les entraves portées au commerce par l'épidémie qui régna dans ce royaume, jusqu'au mois d'octobre 1805, qu'il arriva par mer à Marseille.

Déposée dans cette ville, cette écorce y fut dégustée par un nombre considérable de droguistes, de pharmaciens, de médecins même : aucun de ceux qui la dégustèrent, ne la connut ; ils se contentèrent de dire qu'elle n'était pas du quina.

Un seul médecin de l'hospice (M. Reydellet) l'essaya avec succès au mois de mars 1805, et il la désigna sous le nom de kina-citrin, qui semblerait lui mieux convenir que tout autre, puisque les veines intérieures de cette écorce, et l'écorce elle-même réduite en poudre, sont presque couleur de citron.

Les essais du docteur Reydellet furent suivis de ceux des docteurs Lordat, de Montpellier ; Cabuchet, de Bourg ; Figurey, Delpon, Berdotte Dorçay de Lyon ; et de quelques officiers de santé des environs de cette ville.

Leurs rapports, notes et attestations trouveront place dans cette Notice : déjà les journaux de Lyon les ont publiés partiellement ; mais, soit qu'on y ait prêté peu d'attention, soit qu'on ait une conviction intime des vertus de l'Angustura, un seul pharmacien s'est élevé contre les partisans de cette écorce ; et l'on peut dire ici sans l'offenser ni le nommer, que ses contradictions sont loin d'avoir porté ni lumières, ni préjudice au remède dont il a parlé.

Enfin le docteur Delpon, médecin titulaire de l'Hôtel-Dieu de Lyon, dans un Mémoire lu le 15 décembre 1805, dans une séance publique du Collége de médecine de cette ville, parla très-avantageusement de l'usage médical de l'Angustura.

Ce Mémoire, quoique très-propre assurément à donner une idée des connaissances et du zèle de l'auteur, parut en général insuffisant pour prouver tout ce qui s'y trouvait avancé.

Quelques faits vagues et épars ne peuvent pas donner une idée bien certaine et bien acquise des vertus et des propriétés d'un remède inconnu jusqu'ici.

Le temps et le lieu prescrivaient, il est vrai, au docteur Delpon, une brieveté nuisible aux détails de ses observations, aussi a-t-il réparé le silence qu'il avait été obligé de garder, par une multitude d'exemples que nous joindrons à cette Notice.

Tel est à-peu-près jusqu'à ce moment, tout ce que l'on sait de la découverte et de l'introduction de l'Angustura sur le continent ; et l'on peut dire en se résumant ,

1.º Que la première époque où cette écorce a paru, a été en 1789.

2.º Que depuis lors elle s'est répandue, et est employée tous les jours avec plus de succès, beaucoup en Angleterre, un peu en Allemagne, en Suisse et en Hollande ; en France, point du tout dans le midi, et presque pas dans le nord.

3.º Que depuis le mois d'octobre 1805, il en est arrivé une petite quantité à une seule maison de Lyon, qui en a dispersé quelques livres pour faire des essais.

4.º Que ces essais ont tous été couronnés d'un succès plus ou moins grand.

5.º Qu'aujourd'hui il n'y a plus de doutes sur les propriétés éminentes de cette écorce dans diverses maladies.

6.º Enfin, qu'il est important, par des essais multipliés, par des analyses bien faites, par des observations suivies, de fixer à jamais le sort et la place de cette intéressant remède.

Nous allons, autant qu'il nous sera possible, remplir deux points essentiels, en passant d'abord à l'analyse chymique qui en a été faite dans le moment qu'elle fut connue, par M. Heyne ; et dernièrement par M. Berdote Dorçai, médecin du dépôt de mendicité de la division du Midi à Lyon, qui l'emploie constamment depuis un an avec le plus grand succès.

Nous citerons ensuite tous les faits, observations et expériences qui se sont succédé depuis jusqu'à ce jour.

Ces notions une fois données, ce sera aux gens de l'art, aux administrations des hospices, aux autorités locales, au Gouvernement même, à faire continuer les essais d'un remède qui paraît jusqu'à présent devoir être le seul propre à remplacer ou suppléer le quina.

Nous le répéterons en finissant : lors même que nous jouirions d'une longue paix, le bon quina ne serait pas de sitôt en abondance sur le continent, par les raisons que nous avons exprimées plus haut.

ANALYSES CHIMIQUES
DE L'ÉCORCE D'ANGUSTURA.

Par M. HEYNE. 1790.

Cette écorce approche beaucoup, quant aux qualités extérieures, du *costus dulcis*; sa couleur est seulement un peu plus foncée: les morceaux en sont de la même épaisseur; ils ne sont point fibreux dans leur cassure. L'amertune de l'Angustura n'est pas aussi forte que celle du bois de Surinam. Une teinture préparée avec une once d'esprit-de-vin et une once de notre écorce, par trois infusions consécutives, a fourni un demi-gros d'extrait presqu'aussi amer que celui du quassia, mais moins glutineux et plus pulvérulent. Teinturé avec un peu de sel lixiviel, il se dissout complétement dans l'eau. Ce qui reste de la poudre après l'infusion dans l'esprit-de-vin, ayant été mis en décoction dans une suffisante quantité d'eau que l'on fit évaporer après l'avoir filtré, a donné soixante-dix grains d'un extrait sec, moins foncé et moins amer que ne l'est le résineux, et approchant par le goût de celui du quinquina du Pérou.

Le résidu digéré dans l'esprit-de-vin, a encore fourni deux gros d'extrait résineux qui ne s'est pas tout-à-fait desséché.

En faisant bouillir l'écorce d'Angustura dans de l'eau à laquelle on a ajouté un peu de sel lixiviel, il ne se fait point d'effervescence : cette décoction,
qui

qui était très-brune, ne rougit pas en se refroidis-sant, mais prend un œil verdâtre.

Des morceaux de mou de veau se conservent dans cette décoction quelques heures de plus que dans celle du quinquina du Pérou, et six de plus que dans l'eau simple.

Je pense, d'après toutes les expériences que j'ai faites, que l'écorce d'Angustura surpasse les autres amers par ses vertus anti-septiques.

Par Berdotte Dorçay, docteur en médecine de Montpellier, ancien médecin surnuméraire de l'infirmerie royale de Versailles, médecin de l'Agence des secours pour la division du Midi à Lyon. (Avril 1805.)

Deux cent cinquante grammes d'écorce d'Angustura en poudre grossière, ont été soumis à huit fortes décoctions d'un kilogramme d'eau pour chaque : les cinq premières paraissaient également chargées ; les dernières l'étaient beaucoup moins, cependant elles possédaient encore un degré d'amertume assez considérable.

Le décoctum de cette substance acquiert en quelques minutes une couleur d'un jaune foncé presque marron ; en se refroidissant il perd de sa transparence, et dépose une certaine quantité d'une substance gommeuse de même couleur.

Pendant l'ébullition il s'en exhale une odeur de fruits cuits qui n'est pas désagréable ; elle est particulière à l'Angustura.

Les huit décoctions réunies et soumises à l'évaporation ont donné quatre-vingt-six grammes d'un extrait ayant une consistance pilulaire ; cet extrait

B

est d'un brun jaunâtre, d'une saveur très-amère et un peu âcre.

La présence de l'azote dans cet extrait, y a été complétement démontrée par l'addition de la potasse caustique solide, qui en a dégagé de l'ammoniaque.

Vingt grammes d'écorce d'Angustura en poudre ont été traités par trois cent quarante-huit grammes d'alcohol, en différentes fois ; ce qui a suffi pour lui enlever toute sa saveur. Ces infusions mises en évaporation, ont donné vingt-deux décigrammes d'un extrait résineux brun, attirant l'humidité de l'air.

Vingt grammes d'écorce d'Angustura en poudre ont été traités par douze cent quatre-vingts grammes d'eau à plusieurs reprises, ce qui a suffi pour enlever toute la partie extractive soluble à l'eau froide. Les infusions mises à évaporer, ont donné quarante-cinq décigrammes d'un extrait ayant toutes les propriétés de celui fait par le décoctum, sauf qu'il était moins résineux.

La décoction d'Angustura produit les mêmes phénomènes avec les dissolutions métalliques, que celle du quinquina ; à cette différence près, que les précipités formés par l'Angustura sont plus foncés en couleur et plus amers, ce qui provient de la partie gommeuse et colorante de cette substance, qui y sont plus abondantes.

Le précipité formé par le sulfate de fer, est brun, tandis que celui du quinquina est vert.

L'évaporation alcoholisée, laisse pour produit une substance d'un jaune marron, très-amère ; elle se liquéfie à une douce chaleur, et elle forme un extrait mou, semblable à celui qu'on obtient de l'écorce rouge du Pérou.

L'effet de l'Angustura sur les sels métalliques, est le même que celui du meilleur quinquina : il décompose l'acétate de plomb, le sulfate de cuivre, les nitrates de mercure, d'argent, et le tartrite antimonié de potasse.

Il suffit de connaître ces produits, pour être convaincu que l'Angustura possède éminemment les propriétés qu'on rencontre plus ou moins abondamment dans les autres substances végétales amères résino-gommeuses. Enfin, quoique je ne fasse aucune mention des autres parties constituantes que donnerait l'analyse complète de ce végétal, on ne peut néanmoins avoir aucun doute sur son efficacité, principalement après qu'on y a rencontré par l'analyse toutes les propriétés que les médecins reconnaissent avoir des effets sensibles.

O**BSERVATIONS**, Notes, Attestations et Expériences sur l'écorce d'Angustura (kina-citrin), faites par divers médecins anglais et autres médecins titulaires des hôpitaux civils ou dépôts de Lyon, Montpellier, Marseille, et Bourg département de l'Ain.

1790.

Rapport d'Alexandre Williams, physicien à Trinidas, inséré dans le Journal de Médecine de Londres.

L'écorce en question nous est apportée par les Espagnols d'Angustura, dans l'Amérique méridionale, emballée dans la paille, en morceaux depuis un pied de longueur jusqu'à deux, et larges d'un pouce à un pouce et demi. Elle est d'un brun jaunâtre ; son odeur est désagréable, mais elle la perd presque totalement lorsqu'on la fait sécher au soleil ; elle prend même alors un peu d'aromat, ce qui rend l'amertume moins désagréable.

L'eau et l'esprit-de-vin en dissolvent les principes, et elle leur communique une couleur jaune dorée. Lorsque les esclaves de nos planteurs sont tourmentés de maux d'estomac ou de douleurs d'entrailles, ils leur font prendre de l'une de ces deux teintures, mais plus ordinairement de celle qui est spiritueuse.

L'arbre qui fournit cette écorce n'est pas encore connu ici ; mais comme nous avons écrit pour en avoir des fleurs , nous ne tarderons pas à être mieux instruits.

Comme j'ai moi-même fait usage de cette écorce à différentes fois , je puis assurer qu'en général elle occasionne moins souvent que le quinquina du Pérou , la constipation et des pesanteurs d'estomac : cet avantage joint à la modicité des doses auxquelles on le donne , en font un remède fort convenable à ceux qui ont l'estomac débile et le ventre paresseux ; il paraît même que comme tonique elle est préférable à tous les autres quinquinas.

Je n'ai jamais eu occasion d'employer cette écorce dans les fièvres intermittentes ; mais un de mes amis , très-digne de foi , m'assure en avoir guéri en faisant prendre cette écorce à de très-petites doses. Six prises de quinze grains chacune ont dissipé une fièvre tierce ; deux doses semblables ont suffi pour en faire disparaître une autre qui avait déjà duré trois semaines : il s'est écoulé deux mois depuis la guérison des deux malades , et ni l'un ni l'autre n'a éprouvé de rechute.

J'ai moi-même administré cette écorce avec succès dans les maladies nerveuses périodiques.

J'estime que l'écorce d'Angustura peut être considérée comme un spécifique dans la diarrhée et la dyssenterie.

L'usage de l'infusion d'Angustura , a presque toujours eu des succès prompts et constans dans les cours de ventre. Je la donnais ordinairement seule , après avoir fait précéder un doux purgatif ; cependant lorsque les malades éprouvaient, outre la diarrhée, une chaleur fébrile, j'ajoutais à chaque dose d'infusion, une demi-once de mixture saline du Dispensaire Anglais; et quelques jours après que le flux avait cessé, je répétais le purgatif.

J'ai obtenu les plus heureux effets de la teinture de cette écorce, en la faisant prendre deux fois par jour à un malade attaqué depuis un an d'un cours de ventre qui l'avait extrêmement affaibli : le genre de vie qu'il menait n'était cependant nullement propre à seconder ce traitement. Ce malade fit usage de cette teinture pendant quelques semaines, parce qu'il éprouva quelques rechutes pour s'être exposé à la pluie.

1790.

NOTE de M. Brande, sur l'Angustura; extrait du Magasin d'Hanovre.

Cette écorce a un épiderme blanchâtre : elle est intérieurement d'un beau jaune : elle se brise en petits morceaux résineux; ses fragmens sont épais et passablement grands; ils ont depuis quatre jusqu'à six pouces de longueur. Son odeur, quoique faible, a quelque chose de nauséabonde; son goût approche de celui des amandes amères. Son acrimonie réside dans les parties résineuses, et son amertume dans ses principes gommeux.

Je donne une once de l'infusion aqueuse de cette écorce, et un gros de sa teinture spiritueuse : quant à son extrait aqueux, je le prescris depuis quatre grains jusqu'à huit, et l'écorce en poudre, depuis dix grains jusqu'à vingt.

Les maladies dans lesquelles je l'emploie, sont des défaillances journalières, accompagnées de maux de tête et de douleurs de dents.

Ce remède m'a été utile dans les fièvres chaudes où il existait une grande faiblesse qui n'était pas proportionnée à l'état du pouls, où le mal de tête et le dégoût subsistaient nonobstant des évacuations suffisantes.

J'ai donné avec succès de quatre en quatre heures, quinze grains de cette écorce en poudre, quoique la rémission de la fièvre fût imparfaite.

Je l'ai donné de même aux personnes qui avaient l'estomac faible, et dans les cas de mauvaises digestions, dans les flux colliquatifs avec consomption. Je l'ai administré deux fois seulement sans succès.

Je n'en conseille pas l'usage quand il y a disposition inflammatoire.

Je le juge utile dans les ulcères malins.

Note de M. Heyne, sur l'Angustura.

Cette écorce vient d'une espèce de magnolia ; ce pourrait bien être celle du magnolia glauca de Linnée, ou du petit tulipier à feuilles de laurier. Cet arbre supporte le climat européen.

Les vertus de cette écorce excèdent celles du quinquina du Pérou. Sa propriété est d'arrêter les paroxismes de la fièvre intermittente très-promptement ; six ou huit doses sont suffisantes.

Plusieurs médecins célèbres préter.lent qu'une simple dose opère l'effet désiré.

Elle a cet avantage, de ne pas causer la sensation désagréable , la pesanteur et plénitude d'estomac que le quinquina du Pérou occasionne souvent.

Elle tient le ventre passablement libre : j'en ai fait usage pour les flux de ventre , dyssenteries et autres affections des intestins.

Je suis convaincu qu'elle prouve toujours son utilité en toutes sortes de désordres provenus de flux et affaiblissement de fibres musculaires.

On pourrait en tirer de grands avantages , étant appliquée extérieurement pour la gangrène , les vieux ulcères et semblables autres maladies.

NOTE *du docteur Ewer.*

Exclusivement aux vertus fébrifuges , l'écorce d'Angustura est regardée comme excellente contre les vers , très-nécessaire en cas de débilité, et particulièrement dans la cacochymie , appelée dans les Indes orientales le mal d'estomac.

3o Avril 1805.

EXTRAIT d'une lettre du docteur Reydellet, médecin en chef des hôpitaux civils et militaires, et du Lycée de Marseille.

Mes occupations ne me permettent point de rédiger le journal des maladies dans lesquelles je l'ai employé (1); il suffit de dire que quatre fièvres tierces et trois quotidiennes (après les préparations nécessaires) ont cédé dans l'espace de trois et quatre jours, à ce médicament donné en substance, et que je n'ai pas été obligé d'en porter la dose à plus de deux gros dans vingt-quatre heures. Ces essais, que je continuerai à mesure que l'occasion s'en présentera, m'ont déjà convaincu de la supériorité de ce kina dans ces deux espèces de fièvres les plus communes du pays parmi les intermittentes, et les seules pour lesquelles j'aie eu l'occasion de l'employer jusqu'à ce jour. Sa saveur extrêmement amère, son arome, sa cassure extrêmement vitreuse, son apparence extrêmement résineuse, me rendirent au premier apperçu très-circonspect sur ses doses ; l'expérience a confirmé mes soupçons, et je crois pouvoir affirmer que ce kina-citrin peut suppléer avec avantage tous ceux répandus dans le commerce actuellement, en diminuant la dose de moitié dans la plupart des cas.

C'est le docteur Reydellet qui le premier, à cette époque, a fait l'essai de l'écorce d'Angustura, dans le midi.

Il paraît qu'elle y était alors inconnue, puisqu'il la désigne sous le nom de kina-citrin, et que le docteur Lordat, qui l'essaya longtemps après à Montpellier, la nomme kina de Potosi.

---

(1) L'Angustura, qu'il nomma kina-citrin.

1805.

Expérience de M. Berdotte Dorçai, sur l'Angustura.

Résidante aux Broteaux. Lyon. Septembre 1805.

Madame Mathurin, âgée de 52 ans, éprouvait depuis environ trois mois une fièvre tierce régulière, avec des vomissemens dans l'invasion de l'accès de froid : ses jambes étaient enflées, ses urines rares ; elle éprouvait une soif inextinguible. Je lui prescrivis une demi-once d'écorce d'Angustura, à prendre en décoction dans deux livres d'eau, pendant les rémissions : dix à douze jours de l'usage de ce seul remède, suffirent pour guérir entièrement la fièvre et les infiltrations qui en étaient la conséquence.

Aux Broteaux. Octobre 1805.

Monsieur Ricard, marinier, âgé de 36 ans, fut guéri d'une fièvre quarte sans complication, par l'usage de l'Angustura, à la dose d'une demi-once en poudre, prise en trois parties égales : cette fièvre avait eu cinq accès avant l'usage du remède ; elle diminua graduellement depuis le premier jour de son emploi, pour disparaître entièrement au bout de vingt jours.

A la Guillotière. Août 1805.

Monsieur Mortier, âgé de 40 ans, d'un tempérament robuste, éprouva une fièvre rémittente hémitritée, dans le mois d'août dernier. M. Fontan, chirurgien du faubourg, lui donnait des soins depuis six jours, quand je fus appelé en consultation ; il lui administrait les anti-phlogistiques généraux, sans en retirer aucun avantage. Les hypocondres étaient bour-

souflés ; le délire avait lieu dans l'augment
de la fièvre ; il y avait une prostration de
forces considérable ; les anxiétés précor-
diales étaient fréquentes, ainsi que les sou-
lévemens de l'estomac. Je prescrivis l'Angustura à haute dose, en boisson, en
fomentations et en lavemens, pendant les
rémissions. Dès le premier jour le malade
fut sensiblement mieux ; l'accès suivant
fut moins violent ; et en continuant le
même remède pendant six jours, la conva-
lescence devint aussi assurée que parfaite.

Une dame âgée de trente-huit ans,
d'un tempérament fort délicat, enceinte de
huit mois, éprouva des accès de fièvre
tierce à cette époque de grossesse ; elle
fut saignée par son accoucheur dès l'invasion de la maladie, et accoucha heureusement dans le courant de novembre
dernier : la fièvre avait disparu pendant
l'évacuation puerpérale, qui fut aussi abondante que régulière.

Deux mois après je fus mandé pour lui
donner des soins : elle avait alors une ana-
sarque si générale, qu'elle occupait toute
l'étendue du corps, jusqu'aux doigts des
mains et des pieds ; l'enflure était pâteuse,
et la peau avait tellement perdu son ressort,
que pour peu qu'on y appuyât le doigt,
l'impression restait très-long-temps sans disparaître. Le ventre avait un très-grand volume, était fort boursouflé, et on y sentait
une fluctuation bien manifeste. La malade
avait beaucoup d'oppression, une toux vive
et pressante, qui ne manquait pas de se re-
nouveler toutes les fois qu'elle se couchait
sur l'un ou l'autre côté ; ce qui semblait

Rue Henri, à Lyon.
Janvier et février 1806.

dénoter un épanchement aqueux dans la cavité thorachique. A tous ces accidens se joignait une fièvre vespérine très-forte, beaucoup d'altération, et une suppression presque totale des urines, dont le peu qu'elle rendait était fort épaisse et briquetée.

J'employai des diurétiques de toute espèce, ainsi que des purgatifs hydragogues, sans succès pendant quelques jours. Loin d'améliorer son état, l'enflure semblait augmenter, la fièvre du soir devint plus forte, l'oppression, la toux et les anxiétés plus fatigantes.

Dans ces circonstances, je fis faire une décoction d'une once d'écorce d'Angustura, dans trois livres de vin blanc sec., où je fis ajouter quatre onces de sucre ; j'ordonnai que la malade en prît une tasse à café, froide, de deux heures en deux heures ; en sorte que depuis le matin jusqu'au soir le remède était entièrement pris. Le lendemain matin, la malade avait eu une sueur assez considérable, espèce d'évacuation fort rare dans l'hydropisie, sur-tout pendant l'hiver; elle avait rendu plus de quatre livres d'urine, et une quantité prodigieuse de sérosité par les selles, sans ressentir d'autres incommodités qu'une soif plus vive.

Je fis continuer l'usage de l'Angustura à la même dose et de la même manière; seulement je supprimai la moitié du vin blanc que je remplaçai par autant d'eau pour les décoctions, qui furent prises pendant huit jours de cette manière. Après l'effet de l'Angustura, le visage et les extrémités supérieures étaient entièrement désenflées ; le ventre avait beaucoup diminué de volume, et était par conséquent fort ramolli ; le pouls devint moins fréquent, la respiration plus libre, et la fièvre vespérine disparut tout-à-fait.

Maintenant la malade reste couchée sur le dos très-facilement, les extrémités inférieures n'ont aucun empâtement, l'estomac fait bien ses fonctions, les urines sont aussi abondantes que de bonne qualité, le ventre n'est pas plus gros que dans l'état de santé; et c'est évidemment à l'Angustura que je dois l'avantage d'avoir opéré une guérison aussi prompte qu'inespérée.

Comme il y a plus d'une année que je fais usage de l'Angustura, et que des affections diverses et multipliées m'ont mis dans le cas de connaître ses propriétés par le fréquent emploi que j'en ai fait ; j'atteste que je lui reconnais toutes celles du quinquina du Pérou, de première qualité ; il est, comme ce dernier, un fébrifuge assuré, un stomachique puissant, un anti-septique supérieur, enfin un remède capable d'agir avec une grande efficacité et sans inconvéniens.

19 Novembre 1805.

RAPPORT de M. le docteur Cabuchet, médecin de l'hospice civil à Bourg, département de l'Ain (1).

Cette première observation prouve évidemment la vertu fébrifuge de l'Angustura, qui se manifeste graduellement à chaque accès, jusqu'au moment où, par la cessation de son usage, on en perd tous les effets.

Voici un extrait des notes qui ont été tenues des essais que j'ai tentés dans le mois de fructidor dernier. J'ai choisi pour sujet de mes observations, des fièvres intermittentes de différens types, et, parmi celles qui se trouvaient alors à notre hospice, les plus anciennes, afin d'éprouver mieux l'efficacité du fébrifuge. Presque toutes étaient accompagnées de symptômes gastriques, qui ont été dissipés par les évacuans, avant de faire usage du kina. La première est une fièvre quotidienne, dont était affectée une fille de vingt ans assez robuste. Elle en avait eu déjà vingt-quatre accès lorsqu'elle usa du kina-citrin, qu'elle a pris à la dose d'un gros par jour. Ces accès duraient dix-huit heures ; le froid avec tremblement était d'une heure et demie, la chaleur et ensuite la sueur occupaient le reste de sa durée. Le premier accès après l'usage du kina, fut un peu diminué ; au second il y eut moins de tremblement : le troisième fut retardé d'une heure ; le froid ne dura que trente minutes ; la chaleur et la sueur furent modérées. Le

____

(1) Il paraît qu'à Bourg, comme à Marseille, à Montpellier et dans tout le midi, on ne connaît pas encore l'Angustura, puisque on l'y désigne sous d'autres noms.

4.e jour il n'y eut que chaleur fébrile sans refroidissement ; le 5.e, mouvement fébrile à peine sensible ; le 6.e, léger sentiment de fièvre ; le 7.e et le 8.e, mal-aise sans fièvre. On cessa le kina. La fièvre s'est renouvelée un mois après.

Une fille âgée de 16 ans, point encore nubile, et d'une faible constitution, est le sujet de la seconde observation. Elle avait depuis trente-quatre jours une fièvre quoti-dienne, dont les accès revenaient entre une et deux heures après midi, et se pro-longeaient jusqu'au lendemain matin à dix heures. Le frisson avec tremblement durait deux heures et demie. Les deux premiers jours de l'usage du kina, elle le prit à la dose d'un gros ; il n'y eut aucune diminu-tion dans les accès. Le 3.e on lui en donna deux gros ; il n'y eut que frissons sans tremblement ; la chaleur fut modérée. Le 4.e et le 5.e, diminution dans l'intensité et la longueur des accès : le 6.e, chaleur fébrile légère, sans frisson ni tremblement : le 7.e, légère chaleur fébrile. La dose du kina fut réduite à un gros. On le continua le 8.e, le 9.e et le 10.e, où il n'y eut pas de fièvre sensible ; mais elle reparut les jours sui-vans ; les accès s'accrurent successivement, et elle se régla en double-tierce.

Il est évident que la diminution de dose a produit un effet à peu près sem-blable ici, à la sus-pension totale dans le premier cas ; et que le défaut de guérison radicale ne vient que de la manière dont le re-mède a été admi-nistré.

Le troisième malade qui a fait usage du kina-citrin, est un jeune homme de vingt ans, qui avait depuis vingt-six jours une fièvre quotidienne, dont les accès marqués par un tremblement de deux heures, avec fortes secousses des membres, une chaleur vive, suivie de sueurs, duraient douze heures. Le premier jour de l'usage du kina,

On ne peut encore se refuser à voir que l'effet du remè-de est toujours sen-sible, mais toujours arrêté par la réduc-tion de dose ou la suspension totale.

qu'il prit à la dose de deux gros, le tremblement ne dura que quinze minutes et sans secousses ; la chaleur fut moins forte : le 2.e jour le kina ne fut pas donné, par oubli ; l'accès se passa comme celui de la veille : le 3.e, tremblemens très-légers, froid de vingt minutes, chaleur peu sensible : le 4.e, le malade ne prit qu'un gros de kina ; point de froid ni de tremblement, chaleur légère, sueur la nuit : le 5.e, même dose ; pandiculations et bâillemens à l'heure de l'accès, sans chaleur ni sueurs : le 6.e, point de fièvre : le 7.e on cessa le kina ; retour de la fièvre ; tremblement de demi-heure, suivi de chaleur et de sueurs. Les jours suivans les accès ont progressivement augmenté, et ont repris leur première intensité.

Rien ne vient mieux à l'appui de nos remarques, que le succès complet qu'a obtenu dans ce malade l'usage constant et suivi de l'Angustura.

Le kina-citrin a été aussi employé sur un homme robuste âgé de 25 ans, qui avait une fièvre tierce, sans complication de symptôme gastrique, dont il avait déjà éprouvé dix accès lorsqu'il fit usage du fébrifuge. Le frisson et le tremblement duraient deux heures ; la chaleur était assez vive, et la sueur abondante. Entre le douzième et le treizième accès, il prit un gros de kina ; celui-ci fut la moitié moindre. On le lui donna à la dose d'un gros et demi avant le retour du quatorzième accès, qui a manqué totalement. Le kina a été continué à la dose d'un gros, les deux jours suivans ; la fièvre n'a pas reparu et il n'y a point eu de rechute.

Cette rechute au bout de six semaines, ne saurait affaiblir le succès que

J'ai encore essayé le kina-citrin contre une fièvre quarte qu'avait une femme de 56 ans, d'un tempérament lymphatique,

mais

mais jouissant habituellement d'une bonne santé. Les accès, dont l'invasion anticipait d'une heure à chaque retour, étaient longs et fatigans. Après le sixième, la malade fut mise à l'usage du kina, dont elle prit demi-once dans les deux jours d'apyrexie: l'accès suivant n'en fut que légérement affaibli. Elle continua le kina; et ce n'est qu'après en avoir pris deux onces et demie, que la fièvre a cessé : elle a reparu au bout de six semaines.

Telles sont les tentatives que j'ai pu faire avec la quantité de kina-citrin que j'ai eue à ma disposition. Quoique toutes les fièvres contre lesquelles il a été employé n'ont pas été guéries, il a montré constamment une action fébrifuge assez marquée. Pour bien apprécier ses effets, il eût fallu multiplier davantage les expériences, le continuer plus long-temps, en varier les doses; mais il m'a manqué. Je regrette que ces observations ne soient pas aussi complètes, aussi satisfaisantes qu'on pourrait le désirer ; mais je les transmets telles qu'elles se sont présentées.

FRAGMENT d'une lettre du docteur Valentin, membre de plusieurs Sociétés littéraires et académiques-médecine, à Marseille.

L'arbre qui forme l'écorce d'Angustura est encore inconnu; j'ai écrit dans les deux Amériques pour avoir des renseignemens plus positifs à ce sujet. Outre ce que j'en paraît avoir eu l'écorce d'Angustura dans cette occasion. Le meilleur quinquina dans les fièvres, ou le meilleur remède dans toute autre espèce de maladie, ne mettent pas après un certain temps à l'abri d'être encore malade.

ai dit dans une note de *mon traité de la fièvre jaune*, je présume qu'il croît en assez grande quantité dans la partie de l'Amérique qui avoisine l'*Orénoque*, et probablement en d'autres lieux de cette région.

Les propriétés connues jusqu'à présent de l'écorce d'Angustura, sont d'être fébrifuge, mais à un degré inférieur à celle du Pérou ou quinquina ; mais principalement tonique, comme substance très-amère.

C'est pour fortifier les entrailles dans les cas de diarrhées, de dyssenteries, de débilité d'estomac, qu'on l'administre dans les hôpitaux de Londres ; et c'est sous ce rapport que j'en ai vu quelques bons effets, ainsi que comme anti-septique.

Lorsque j'étais en Angleterre en 1803, l'écorce d'Angustura valait à Londres 16 schelings la livre ; elle était par conséquent plus rare que les années précédentes.

Déclaration de M. Lordat, médecin du dépôt de mendicité, à Montpellier.

Je soussigné, docteur en médecine, médecin du dépôt de mendicité de Montpellier, ayant été engagé par M. Chauvet, de Cette, à essayer une écorce amère, d'une couleur jaunâtre, qui par la trituration donne une poudre jaune tirant sur le vert, à laquelle on suppose une vertu fébrifuge, et qu'on a désignée sous le nom de quinquina du Potosi ; certifie avoir employé

Les diverses désignations données à l'Angustura par plusieurs médecins du midi, et notamment par M. Lordat, confirment ce que nous avons déjà dit, que cette écorce n'y était pas encore connue.

ce médicament comme l'on emploie le quinquina rouge, contre une fièvre quarte qui durait depuis trois mois, et contre une fièvre tierce simple, qui avait résisté aux évacuans, et aux amers indigènes ; et en avoir obtenu un succès aussi complet que celui que j'aurais pu attendre du meilleur quinquina rouge et jaune. J'atteste encore l'avoir mis en usage dans des cas de gangrène humide, et j'ai lieu de croire que ce remède a beaucoup contribué à en arrêter.

OBSERVATIONS et Expériences rapportées par le docteur Delpon, l'un des médecins titulaires de l'Hôtel-Dieu de Lyon. 1.er février 1806.

L'usage heureux et constant que je fais depuis plus de huit mois de l'écorce d'Angustura, m'a donné lieu d'en rechercher et examiner toutes les propriétés.

Je l'ai toujours employé exclusivement, soit auprès de tous mes malades à l'Hôtel-Dieu, soit auprès de ceux que j'ai eu l'occasion de traiter à l'extérieur.

Il a eu chez tous, et dans les cas où je l'ai employé, le même succès à quelques nuances près.

Je m'en suis servi en substance, en extrait, en décoction, en sirop et en pastilles.

Dans des fièvres intermittentes, dans des fièvres putrides, dans des dyssenteries, des diarrhées invétérées , enfin dans des cas de gangrènes sèches et humides.

Je l'ai prescrit en doses absolument différentes, suivant les cas et les formes sous lesquelles je l'ai administré.

Les faits que je rapporte ici, désigneront plus particulièrement ces cas , ces doses et ces formes.

I.er EXEMPLE.

Fièvre lente , compliquée de marasme , guérie par l'extrait d'Angustura sous forme pilulaire.

La femme d'un laboureur , âgée de 55 ans, à la suite de longs travaux était tombée en fièvre lente.

Cette fièvre la minait depuis long-temps.

J'ordonnai des pilules d'extrait d'Angustura, du poids de dix grains chacune.

La malade en prenait six toutes les vingt-quatre heures , ce qui faisait trente-six grains d'extrait chaque jour.

Je la traitai ainsi la première semaine.

La seconde semaine j'ajoutai deux pilules, ce qui fit 8.

La troisième deux autres, ce qui fit dix toutes les 24 heures.

Ces trois semaines écoulées, j'obtins une cure radicale qui ne fut suivie d'aucune rechute.

II.e EXEMPLE.

Fièvre nerveuse , compliquée de jaunisse.

Un homme âgé de 55 ans prend la jaunisse ; elle est suivie d'accès de fièvre , que je jugeai n'être autre chose que des paroxismes de fièvre nerveuse.

Je connaissais l'état et le tempérament du malade : je lui prescrivis le sirop d'Angustura ; il en prenait une cuillerée ordinaire avant chaque repas.

Il observait pour régime, de ne manger que des farineux, de ne prendre pour boissons que des anti-spasmodiques.

Au bout de quinze jours son rétablissement fut parfait.

III.e E X E M P L E.

Fièvre irrégulière avec jaunisse.

Une demoiselle âgée de sept ans, d'un tempérament cacochyme, était affectée de paroxismes fébriles, dont les retours étaient irréguliers.

Je lui prescrivis le sirop d'Angustura. On lui en donnait huit cuillerées par jour : deux avant son lever, deux avant son dîner, une deux heures après, une autre après le même intervalle, enfin deux avant son coucher.

La malade fut entièrement guérie de la fièvre et de la jaunisse, après un usage de quinze jours du sirop ci-dessus.

IV.e E X E M P L E.

Fièvre vermineuse, compliquée d'affection nerveuse.

Un enfant de 23 mois, gros, robuste, fortement constitué, était atteint depuis long-temps d'une fièvre vermineuse.

Je lui ordonnai le sirop d'Angustura ;
il le prenait par petites cuillerées ; il en fit
usage environ vingt jours.

Il y eut une crise le 21.ᵉ ; le petit malade rendit par les selles , des pelotons de
vers ; il rendit aussi par le haut, des
flegmes épais.

Cette évacuation dissipa tous les symptômes ; l'enfant reprit l'usage de toutes ses
fonctions.

V.ᵉ EXEMPLE.

Fièvre lente nerveuse.

Je fus appelé pour voir un jeune homme
de 19 ans, affecté de paroxismes de fièvre
lente nerveuse.

Il y avait plusieurs mois qu'il languissait
après avoir perdu toutes ses forces.

Je lui prescrivis le sirop d'Angustura.

Il en prenait d'abord une cuillerée à
bouche un quart d'heure avant chaque
repas , ensuite une cuillerée à café de demi-
heure en demi-heure.

Huit jours d'usage de ce sirop diminuè-
rent considérablement la diarrhée colliqua-
tive ; les forces revinrent , le pouls languis-
sant devint régulier, et la guérison complète
s'opéra peu de jours après.

VI.ᵉ EXEMPLE.

J'avais un malade qui ressentait depuis
plusieurs mois un affaiblissement dans
la région épigastique ; les digestions étaient
languissantes ; une débilité se faisait sentir
dans tout le corps.

Il n'était pas douteux qu'il n'eût besoin de fortifians : je lui ordonnai des pastilles stomachiques d'Angustura ; le malade en avait presque toujours une à la bouche.

Douze jours suffirent pour le guérir totalement.

De toutes les guérisons que je viens de citer, il n'en est aucune dont je ne puisse donner une multitude d'exemples.

Si je n'ai point parlé des succès que j'ai obtenus dans les fièvres intermittentes, putrides, etc. avec la substance simple ou poudre de l'Angustura, c'est que d'autres médecins avant moi et depuis, ont asséz donné de preuves de l'efficacité de ce remède dans les cas ci-dessus.

Comme il y en a peu au contraire qui l'aient employé sous les formes que je viens de décrire, j'ai cru devoir en parler ici, pour faire connaître toute l'utilité dont peut être cette écorce.

C'est particulièrement pour les hôpitaux qu'elle doit être précieuse par ses vertus, et par l'économie que doit trouver une sage administration dans son emploi.

Je ne mets aucun doute à ce qu'elle puisse tenir lieu parfaitement du meilleur quinquina ; et je crois pouvoir ajouter que je me suis convaincu par une assez longue expérience, qu'elle a beaucoup de qualités qui lui sont supérieures.

Au reste, l'erreur et la prévention sont le partage de la faiblesse humaine, et je puis bien tout comme un autre, m'être trompé, ou au moins prévenu sur un remède qui m'a aussi heureusement réussi : c'est aux hommes de l'art, à ceux qui aiment à s'instruire, enfin à ceux que l'amour de l'humanité conduit, à se convaincre de la vérité de ce que j'ai avancé.

L'expérience et le temps ont acquis à la médecine, ainsi qu'à toutes les sciences, des découvertes aussi surprenantes qu'utiles ; et j'aime à croire que celle de l'Angustura et de ses heureux effets , honorera également le siècle qui vient de finir , et celui dans lequel nous avons le bonheur de vivre.

NOTE du docteur Figurey , l'un des médecins titulaires de l'Hôtel-Dieu de Lyon.

Le bon quinquina avait été successivement porté à un prix si exorbitant, que les hôpitaux ne pouvaient y atteindre.

Le kina dont j'étais obligé de me servir à l'Hôtel-Dieu, n'avait qu'une vertu fébrifuge à peine sensible ; je me déterminai à recourir à l'Angustura.

C'est le seul fébrifuge que j'emploie depuis plus de cinq mois , dans les salles confiées à mes soins ; et je puis dire qu'il m'a constamment réussi pour les cas de fièvres intermittentes.

Ses effets sont sûrs ; et si après ce que je viens de dire j'avais besoin de donner quelqu'exemple à l'appui de ce que j'avance, je citerais le fait suivant.

Dans une fièvre quarte déjà ancienne, j'ai fait usage de l'Angustura ; elle a diminué graduellement du 1.er accès au 2.e, du 2.e au troisième, et disparu au quatrième entièrement.

Je ne veux point induire de-là qu'il agisse toujours avec la même rapidité, mais seulement prouver les heureux effets que j'en ai constamment obtenus, même dans des cas peu ordinaires.

Je le prescris comme j'ordonne le quin-quina, à la dose de deux gros au moins, de trois gros au plus par jour.

Ce n'est qu'en poudre que je l'ai employé, quoique je ne doute pas que sous d'autres formes on n'en obtienne les mêmes résultats

L'ipécacuanha, un ou deux minoratifs, sont ordinairement nécessaires avant l'usage de l'Angustura.

Rarement j'ai entendu les malades se plaindre de douleurs abdominales, reproche qu'on a toujours fait avec raison au meilleur quinquina.

Je m'abstiens d'émettre mon opinion sur les autres propriétés de l'Angustura ; comme je n'en ai fait usage qu'en qualité de fébrifuge, c'est la seule vertu qui m'ait paru prouvée jusqu'ici dans cette écorce.

L'amour de l'humanité, la rareté de l'écorce du Pérou, doivent engager les médecins à examiner ce remède sous tous les rapports.

RÉSULTAT.

Il résulte de tout ce qu'on vient de lire, que depuis qu'on a parlé de l'écorce d'Aigustura en France, il n'avait point été fait des essais aussi suivis et aussi heureux.

Que lors même que le quinquina ne serait point aussi rare , aussi cher ; que lors même qu'il serait abondant , l'écorce d'Angustura n'en serait pas moins précieuse sous une multitude de rapports qui lui sont particuliers.

Que tout ce que pourraient dire les détracteurs de ce remède , ne saurait empêche les hommes jaloux de s'instruire , les administrations sages , et un gouvernement éclairé , de se convaincre par tous les moyens possibles de la véritable vertu de cette écorce.

Il doit en être de l'Angustura comme de tous les nouveaux remèdes qu'on a voulu introduire dans la médecine : ils ont lutté long-temps contre l'esprit de parti, l'intérêt, la mauvaise foi et l'ignorance ; mais ils ont fini par obtenir l'assentiment et l'approbation générale.

L'ipecacuanha fit la fortune d'Helvétius , et cependant on regarda celui-ci long-temps comme un charlatan qui débitait de la drogue.

Sous Louis XIV , le chevalier Tallot vendit au

poids de l'or sa poudre qu'on regardait comme un secret, et qui n'était autre chose que du kina rouge.

L'inoculation, à son origine, que n'a-t-elle pas éprouvé de la part de ses contradicteurs?

L'émétique ne fut-il pas long-temps regardé comme un poison sûr, au lieu d'être pris pour un évacuant salutaire ?

Les vésicatoires n'étaient-ils pas pris autrefois comme le signe assuré d'une mort prochaine, avant laquelle on tentait le dernier effort de l'art de guérir ?

La vaccine enfin, malgré l'universalité de ses succès, n'a-t-elle pas encore ses ennemis ?

Mais tous les remèdes, tous les topiques que l'on vient de citer, ne sont-ils pas, malgré tous leurs ennemis, du petit nombre des spécifiques que la médecine regarde comme les plus sûrs et les plus puissans ?

L'Angustura, nous devons le croire, n'a pas moins de mérite qu'eux dans son espèce. Si nous parlions d'après notre conviction particulière, nous affirmerions qu'il est supérieur à beaucoup de ceux que nous avons nommés, et particulièrement au quinquina ; mais nous laissons à de plus longues expériences, le soin de le confirmer. Il faut qu'on les poursuive, et ce n'est qu'une mesure générale qui peut les provoquer : le Gouvernement seul a le droit et le moyen de l'ordonner. Ce n'est point sous celui que nous vivons qu'on a besoin de longues dissertations pour le convaincre ; il suffit de lui désigner que tel ou tel objet peut être utile , pour qu'il s'oc-cupe des moyens de connaître la vérité : combien plus est-on sûr d'éveiller son attention paternelle , lorsqu'on lui met sous les yeux un objet qui interesse à tant de titres la vie et la santé de tous les citoyens de l'Empire.

A LYON,

De l'Imprimerie de BALLANCHE père et fils , aux halles de la Grenette. 1086.